BROCARD DE MEUVY FILS

COUPE D'AMOUR

AVEC PRÉFACES

DE

MM. OSCAR DE POLI ET FIRMIN MAILLARD.

PARIS

CHEZ LES PRINCIPAUX LIBRAIRES

MDCCCLVI.

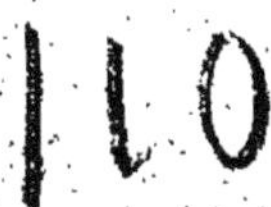

COUPE

D'AMOUR

A mon Père

MONTMARTRE. — IMPRIMERIE PILLOY, BOULEVARD PIGALE, 50.

COUPE
D'AMOUR

PAR

BROCARD DE MEUVY FILS

AVEC PRÉFACES

DE

MM. OSCAR DE POLI ET FIRMIN MAILLARD.

PARIS

CHEZ LES PRINCIPAUX LIBRAIRES

MDCCCLVI.

PRÉFACE.

Certes, ce n'est pas une œuvre minime que
d'aborder cette langue suave et mélodieuse que
les anciens accordaient aux divinités de l'Olympe,
ce langage prestigieux qui s'exhala si bien de
l'âme des Homère, des Virgile, des Pétrarque,
des Milton, des Mickiewicz ; il ne faut pas être
un profane vulgaire pour pénétrer le front haut
et pur dans cet Éden de saphirs, dans ce monde
de gloire, dans ce sanctuaire d'or et de pierre-
ries où prient encore Lamartine et Hugo ; il faut
pouvoir élever fièrement les yeux vers ce palais
céleste où soupire maintenant Chénier, où chante
Byron ; il faut pouvoir crier aux oreilles caute-
leuses de ce protée qu'on nomme le public, en

se frappant la poitrine : J'ai quelque chose là !..

La poésie est une rose polyacanthe qu'il n'est pas donné à tous de cueillir.

Il y a plusieurs jours, je causais, avec M. Brocard de Meuvy, de quelques nouveaux livres de poésies qui venaient de paraître, et mon appréciation sur ces ouvrages était identique à la sienne. Nous leur reprochions le manque de vigueur et le défaut absolu de ce feu sacré qui donne du relief à tout.

Je connaissais l'âme ardente et passionnée, la fougue d'indépendance, la jeunesse de sourires et de poésie de M. de Meuvy, je fus le premier à lui conseiller de livrer au souffle puissant de l'impression ces pages d'amour écrites au temps où le petit dieu n'avait pour lui que des caresses parfumées, toutes empreintes de larmes de joie, de soupirs et d'illusions.

Où M. de Meuvy excelle, c'est dans la structure du sonnet, et pourtant Boileau confesse que le dieu du Parnasse

Voulant pousser à bout tous les rimeurs français,
Inventa du sonnet les rigoureuses lois !

Que de grâce dans les strophes du sonnet de *Marilie;* c'est un de ceux dans lesquels M. de Meuvy a versé toute son âme, toute sa poésie. Pétrarque, aux rives diamantées de la pimpante fontaine de Vaucluse, ne devait pas jeter plus mélodieusement à leurs brises chaudes et rêveuses un nom qu'il adorait, le nom de la belle Laure !

François Ier, ce prisonnier sans peur et sans reproches, ce roi d'amour qui ne croyait pas en la femme, ne dut pas mieux célébrer sa foi chevaleresque en la malheureuse Françoise de Foix, en la filiale Diane de Poitiers, en l'altière duchesse d'Étampes !..

Sans attaquer les odes de M. de Meuvy, nous en aimons moins le tour et la construction; Pindare nous a laissé des odes héroïques où se trouve à chaque vers cette flamme de hardiesse, ce feu d'audace qui décide toujours la fortune; Anacréon, ce Désaugiers des Grecs, qui buvait, chantait et dormait, nous a dépeint les aiguillons vivaces du plaisir, les délires éphémères de Bacchus d'une voix trop follement imposante pour qu'on ose se lancer dans ce genre de bachique volupté, de langoureuse démence, dans ce chaos de fumets vineux et de parfums de roses, sans ajouter tout bas qu'on imite le maître, le joyeux Anacréon.

Et pourtant, toutes les odes de M. de Meuvy sont remplies d'une animation grave et sérieuse et d'une teinte merveilleuse d'originalité, malgré leur rapprochement intime avec celles des poëtes de Rome et d'Athènes.

L'élégie est une fille du ciel qui pleure sur une tombe!

Millevoye nous a laissé des chefs-d'œuvre en ce genre de douleurs et de gémissements; c'est dans l'élégie, toujours triste et plaintive, que le poëte exhale sans contrainte tout ce qui se gonfle de mélancolie, de souffrance et d'amertume au fond de son cœur; c'est dans l'élégie qu'il oublie, — en le redisant, — le départ d'une mère, d'une fiancée qui a pris son vol vers l'éternité. C'est dans l'élégie qu'il se plaint des rigueurs d'une amante sage jusqu'à la cruauté!

Il est, dans ce petit livre, une élégie, *à Bianca*,

qui brille de tous les trésors de la muse de Ti-
bulle!..

M. de Meuvy est un poëte, seulement qu'il
nous permette de lui adresser un reproche dont
il sentira l'amicale justesse, sa muse est souvent
un peu trop ardente ! Qu'elle soit décolletée au
point d'être nue pour mieux ressembler à la vé-
rité, nous le lui pardonnons, mais qu'elle ne
saute pas à pieds joints par-dessus les langes de
sa pudeur ; qu'elle soit parfois moins lascive,
moins amoureuse, et nous l'aimerons davantage.

Le pauvre Abeïlard fut un des premiers à
mettre en rimes ses amours avec la malheu--
reuse Héloïse, et l'auréole de sympathie qui
plane au-dessus du tombeau des deux célèbres
amants-époux brille des feux de l'immortalité.
Depuis, bien des amoureux, bien des poëtes se
sont évertués à célébrer les caprices et les faveurs
d'êtres aimés, et c'est à peine si quelques-uns sont
parvenus à joindre dans la postérité leur nom à
celui d'une femme, comme Pyrame à Thisbé,
comme Daphnis à Chloé, comme Héloïse à
Abeïlard.

De ce nombre est un homme, un chanson-
nier, Béranger, qui nous apparaîtra toujours ac-
cordant sa lyre joyeuse à la voix fraîche et lutine
de la gentille Lisette !..

M. Brocard de Meuvy a voulu chanter aussi
tout ce qui parla à son cœur, tout ce qui lui ap-
porta des émotions de bonheur ou de mélancolie ;
il a aimé comme on aime à vingt ans, comme un
poëte !

Que ses douces rêveries vous aident à passer
délicieusement quelques-unes de ces chaudes
soirées où les baisers du zéphir brûlent les lèvres des roses, où l'âme soupire et désire tout
bas des échos qui répondent à ses soupirs !..

Oscar de Poli.

AVANT-PROPOS.

Qui que tu sois, ô lecteur, ne rejette pas ce
livre à la première page ; c'est un écrin au fond
duquel les diamants cachent leur beauté ! C'est
l'œuvre d'un jeune homme ; il a rassemblé ici
toutes les joyeuses chansons qui s'étaient envo-
lées au souffle de ses dix-huit ans ; épaves amou-
reuses d'une âme qui croit encore à la poésie,
au soleil, c'est-à dire à tout ce qui réchauffe et
qui vivifie.

Le matérialisme, cette lèpre du dix-neuvième siècle, ne l'a pas étouffé dans ses langes; et si dans sa course un peu folle, un peu désordonnée, le poëte brise quelques vitres, pardonne à cette luxuriance de force et de jeunesse.

Ce livre n'a pas été écrit pour les petites filles; la muse qui l'a inspiré est une brune enfant des campagnes de l'Etrurie, la plus belle *signorina* que depuis longtemps on ait vue sur les bords de l'Arno. C'est à Florence,—la veuve des Médicis, — que notre poëte a aimé, et ce sont ses amours qu'il nous raconte :

« Eh bien! je te promets de venir à minuit, »
M'a-t-elle dit ce soir. Debout à ma fenêtre,
Et la main sur mon cœur, j'écoute, dans la nuit,
Des pas mystérieux qu'il me semble connaître.

Le pied léger se tait; minuit sonne, le bruit
Et renaît et s'approche... Oh! si ce pouvait être...
C'est elle! c'est Bianca ; l'amour me la conduit ;
Amour, charmant enfant, sois à jamais mon maître !

Le champagne est propice aux amoureux ébats !
Verse, ô ma bien-aimée ! aimons, buvons sans cesse,
Du vin et des baisers entremêlons l'ivresse.

A nous le gai délire et les tendres combats !
Déroule tes cheveux, fais tomber ces longs voiles,
Nous n'aurons pour témoins que les blanches étoiles.

Certes, ce n'est pas là une poésie nuageuse et vague où la pensée ne peut s'arrêter, fatiguée qu'elle est du chatoiement continuel d'un style cadencé ; non, c'est l'irradiation d'un amour grand et élevé comme tout ce qui dépasse le terre-à-terre des appétits vulgaires. Fille de l'antiquité, la muse de la *Coupe d'Amour* a toute la grâce attique de ces filles de Milet, affranchies, peut-être un peu tôt, des lois du gynecée.

C'est donc à la jeunesse que s'adresse ce petit recueil poétique.

Qu'elle lui fasse bon accueil !

FIRMIN MAILLARD.

2

A FIRMIN MAILLARD.

ALBIUS TIBULLUS.

SONNET.

―――――――――

Voici venir la nuit et l'heure du festin,
Esclaves! des flambeaux! que les coupes soient prêtes!
Je vais, grâce à Bacchus, oublier mon destin,
Et l'ingrate Délie apprendra mes conquêtes!

J'entends les douces voix du bataillon mutin ;

Soldats d'amour, salut! et gloire à vous, poëtes!

Esclaves! versez-nous le falerne divin,

Et de myrte et de fleurs que l'on ceigne nos têtes !

O père des baisers et des brûlants désirs,

Parais, fils de Vénus ! préside à nos plaisirs !

Prends ton arc, frappe au cœur ; nous aimons les blessures

Que la lyre à nos voix unisse ses soupirs,

Des parfums de l'onyx mouillons nos chevelures ;

Buvons, amis, le vin dénoûra les ceintures !

CDE

A CLÉMENT.

Semblable à la rosée argentée et limpide
    Que répandent les cieux,
Sous tes cils j'ai vu luire une larme timide
    Au moment des adieux.

2.

Car il n'est plus ce temps où, sans peine profonde,
    Nous nous quittions le soir,
En pensant qu'au retour de la lumière blonde
    Nous devions nous revoir ;
Où les folles chansons par Bacchus éveillées,
    Les plaisirs et les arts
Peuplaient nos nuits d'hiver, nos joyeuses veillées,
    Loin d'importuns regards !
Ton rapide navire a fui Marseille et joue
    Sur la vague qui dort ;
Et l'astre italien bientôt va sur ta joue
    Verser ses rayons d'or.
Veuillent les frais zéphirs murmurer dans les voiles
    De ton vaisseau léger,
Les eaux rester sans houle, et toujours les étoiles
    Sourire au passager !

Que ne puis-je te suivre en cette traversée,
Et près de toi, Clément,
Laisser flotter au loin ma vue et ma pensée
Sur l'humide élément;
Voir l'ombre s'envoler, l'aurore étincelante
Dorer le flot amer,
Et le soleil plonger sa couronne brûlante
Dans le sein de la mer;
S'évanouir la terre et grimper aux cordages
Les hardis matelots,
Et la lune coquette entr'ouvrant les nuages,
Se mirer dans les flots!

. . . .
. . . .
. . . .
. . . .
.

Ah ! puissions-nous, Venise, ouïr dans tes gondoles
    Le son des instruments,
Et la voix des pêcheurs chantant les barcaroles
    Sur des flots écumants ;
Le murmure des vents dans les voiles latines,
    Et les mourants discours
Tombant avec les ris des lèvres purpurines
    Où nichent les amours !
Quand pourrons-nous tous deux, ô reine des abeilles,
    Au poétique miel,
Florence, voir ta ruche et ses doctes merveilles,
    Vivre sous ton beau ciel !
Errer dans tes jardins, Naples, où les oranges
    Et les citrons jaunis
Abondent ; patrie où désireraient les anges
    Placer le paradis ;

Poussière des héros, ô Rome la superbe,

    Fouler ton sol fameux,

Où sommeille immortel, entre la ronce et l'herbe,

    Ton passé glorieux !

A Mlle BERTHE S***.

L'ABEILLE ET LA ROSE.

SONNET.

———————

Sur les bords de la Seine, il existe une rose,
Une rose mignonne aux gentilles couleurs ;
Couverte de rosée, encore à peine éclose,
Elle parfume l'air de divines senteurs.

Une abeille la voit, prend son vol et se pose

Sur le calice frais de la reine des fleurs,

Bat des ailes d'amour, tremblante se dispose

A lui ravir un suc utile à ses labeurs.

Du fruit de ses larcins bientôt elle compose

Son trésor : un miel pur qu'au milieu de ses sœurs

Au sein de rayons blonds, heureuse elle dépose.

La muse (c'est l'abeille aux travaux séducteurs)

Sur les rosiers fleuris butine et se repose,

Et vous êtes sa rose aux célestes odeurs.

A Mlle ANNA LEBRUN.

LE PRISME D'AMOUR.

SONNET.

Maintenant que je t'aime, ô jeune tête blonde !

L'univers se transforme à mes yeux enchantés ;

Car tes yeux sont le prisme où m'apparaît le monde :

S'il n'était que laideur aurais-tu cent beautés ?

Les voyageurs perdus durant la nuit profonde

Au milieu des forêts, pressent, épouvantés,

Leurs chevaux écumants ; mais quand l'aurore inonde

La feuille de rubis et de roses clartés,

On les voit, oubliant l'aventure nocturne,

Chasser soudainement la crainte taciturne.

Ainsi, bel ange, avant nos constantes amours,

Je voyais tout en noir et m'effrayais toujours ;

Maintenant que je t'aime, ô jeune tête blonde !

C'est dans tes yeux si doux que m'apparaît le monde !

A MON PÈRE.

DIANE AU TOMBEAU D'ENDYMION.

Oh ! cher Endymion (murmure l'immortelle),
Pourquoi t'ai-je perdu, pourquoi la mort cruelle
Est-elle sans pouvoir sur ton amante ! hélas !
Que ne puis-je, aux enfers, accompagner tes pas !

Ah! qu'il m'eût été doux, délirante pensée!

Avec toi, de mourir, entre tes bras pressée!

Si l'immortalité pouvait se partager,

Je t'en aurais fait don, aimable et beau berger;

Je t'aurais mis au rang des dieux de l'empyrée,

Tu boirais le nectar en la coupe sacrée.

Dans un nuage d'or, parfumés, radieux,

Enlacés! nous fuirions les regards curieux;

Et, quand le soir discret déroulerait ses voiles,

Emportés sur un char étincelant d'étoiles,

Jusqu'au brillant retour de mon frère, sans bruit,

Nous roulerions tous deux dans les champs de la nuit.

A quoi me sert-il donc ce pesant diadème,

Ciel! si je n'en puis pas parer le front que j'aime!

Que sert d'être déesse et d'avoir des autels,

De voir à ses genoux la foule des mortels,

Le porphyre pour soi s'élancer en colonne,

De descendre d'un Dieu que la gloire environne,

Lorsque votre pouvoir, partout si révéré,

Ne saurait ranimer un amant adoré !

Moi, fille de celui qui lance le tonnerre,

Je souhaite le sort des enfants de la terre !

On les plaint, on les dit faibles et malheureux,

Je suis plus malheureuse et moins puissante qu'eux !

S'ils ont quelques douleurs, ils connaissent la joie,

Et moi, quand j'ai souffert, je redeviens la proie

De l'ennui qui s'attache à la divinité !

Que j'envie, ô mortels, votre félicité !

Lorsqu'à vos yeux la vie a perdu tous ses charmes,

Que la coupe des jours ne contient que des larmes,

Qu'un ami bien-aimé descend aux sombres bords,

Que vous voulez le suivre, alors, humains, alors,

Vous pouvez d'un fer nu déchirer vos entrailles,

Ou, soupirant après d'illustres funérailles,

Trouver sur les corps morts de nombreux ennemis,

Ce fier trépas qu'enfin vous vous étiez promis !

Mais Diane-Phœbé, victime couronnée,

Fut à vivre toujours en naissant condamnée.

A MARILIE.

SONNET.

Quand je suis loin de vous, ô Marilie!

Pourquoi mon front est-il sombre toujours?

D'où me vient donc tant de mélancolie,

Quand je suis loin de vous, sœur des amours?

Quand je suis près de vous, ô mon amie !

Pourquoi les mois me semblent-ils des jours ?

Pourquoi ma douleur est-elle endormie,

Quand je suis près de vous, sœur des amours ?

Quand de vos yeux un timide sourire

Comme un rayon daigne tomber sur moi,

Des vers nombreux s'envolent de ma lyre ;

Mais les regards des beautés qu'on admire

Ne m'ont jamais causé ce doux émoi ;

Sœur des amours, dites-moi donc pourquoi ?

A Mme CAROLINE B***.

SUR L'ENFANT PRIANT DE *PAMPALONI*.

Enfant aux cheveux longs et bouclés, que je t'aime !
Ton air pieux et doux, tes doigts entrelacés,
Vers le divin séjour tes soupirs élancés,
Tout dit : Je suis un ange et la prière même !

Ah! que j'ai bien compris tes signes de douleur,

Tes regards si touchants et ta sainte attitude!

Le cœur brûlant d'amour et plein d'inquiétude,

Tu demandes au ciel le pardon du pécheur!

Laisse tes yeux fixés à la voûte céleste;

Prie encor! prie encor! ah! ne t'interromps pas!

Et jusqu'à l'heure où Dieu fera grâce aux ingrats,

Ange, dans ta ferveur, dans ton extase, reste!

Car, si celui qui tient l'univers en ses mains,

A tes candides vœux daigne sourire en père,

Bel enfant, tu joindras à ton nom de prière,

Le nom saint et béni de Sauveur des humains!

L'ATTENTE.

SONNET.

« Eh bien ! je te promets de venir à minuit, »

M'a-t-elle dit ce soir. Debout à ma fenêtre,

Et la main sur mon cœur, j'écoute, dans la nuit,

Des pas mystérieux qu'il me semble connaître.

Le pied léger se tait ; minuit sonne, le bruit
Et renaît et s'approche... Oh ! si ce pouvait être...
C'est elle ! c'est Bianca ! l'amour me la conduit ;
Amour, charmant enfant, sois à jamais mon maître !

Le champagne est propice aux amoureux ébats !
Verse, ô ma bien-aimée ! aimons, buvons sans cesse,
Du vin et des baisers entremêlons l'ivresse.

A nous le gai délire et les tendres combats !
Déroule tes cheveux, fais tomber ces longs voiles,
Nous n'aurons pour témoins que les blanches étoiles.

A Mme LOUISE B. DE M***.

LE RETOUR DE LA POÉSIE.

ODE.

Esprit mystérieux dont le corps diaphane

M'apparaît et me fuit,

Et comme un sylphe plane

Sur ma couche, la nuit,

Sans bruit!

4

Viens ! les ombres du soir ont déroulé leurs voiles ;
L'éther est plus obscur,
Et des milliers d'étoiles
Fleurissent dans l'azur
Moins pur !

La lune au char d'argent, voyage, en son royaume,
A travers les brouillards,
Et du céleste dôme
Jette au loin ses regards
Hagards !

A peine si la voix du vent d'avril soupire,
Et le calme a repris
Son imposant empire
Dans les murs de Paris
Sans cris !

L'horloge lentement sonne la douzième heure ;

Fantôme aux doux liens,

Visite ma demeure !

Des champs aériens

Reviens !

Ma lampe s'est éteinte, au milieu des ténèbres

Je me suis endormi,

Et des rêves funèbres

M'éveillent à demi...

Ami !

Je te vois, je te vois là-haut ! vers moi tu penches

Ton visage immortel,

Et sur des ailes blanches

Tu viens à mon appel

Du ciel !

Qui donc sème ton front de rayons blancs et roses,

  Et de ses doigts hardis

  L'orne de fleurs écloses

  Dans le bleu paradis ?...

   Ah ! dis !

Es-tu le souvenir frais et mélancolique

  D'un beau jour éclipsé,

  Ou l'ombre sympathique

  De quelqu'amour passé,

   Chassé ?

Tu souris tristement, et la tête secoue

  Sa gerbe de cheveux ;

  Un pleur mouille ta joue !

  Et tu lèves aux cieux

   Tes yeux !

Et le pleur de tes yeux près de mon cœur sommeille,
    Et je sens depuis peu,
    Que dans mon sein s'éveille
    Un tourbillon de feu,
       Un Dieu !

Sous tes mains, ô prodige ! une lyre étoilée
    Rend de touchants accords ;
    Et d'une vierge ailée
    Je te vois prendre alors
       Le corps !

Oh ! je te reconnais ainsi, muse éplorée,
    Amante des concerts !
    Dont la voix adorée
    Me disait aux bois verts
       Des vers !

Pardonne à l'oublieux! O ma première amie !

    Aux miens mêle tes jours ;

    Car on revient, chérie,

    A ses jeunes amours

      Toujours !

A MES VERS.

SONNET.

Quoi ! chers petits oiseaux vos chants mélodieux

Ne viendront plus jamais égayer mon oreille !

Vous m'êtes enlevés et la foudre sommeille !

Pour frapper les méchants n'est-il donc pas des dieux !

Justice répondez : quels vils audacieux

M'ont ravi mes chansons? Oh! ma vengeance veille!

Un jour, noires fourmis, vous connaîtrez l'abeille

Et rendrez son miel d'or butiné dans les cieux !

Doux fruits de mes amours, ô pâles élégies,

Sonnets — baisers de feu, délirantes orgies,

Revenez, paraissez à mes yeux éperdus !

Venez tarir les pleurs de Bianca, votre mère !

Est-ce vous? plus d'espoir! que la vie est amère!

Vous étiez mes amis, et je vous ai perdus !

A CLÉMENT.

Ce qu'on nomme la vie est une coupe pleine
De larmes et de fiel ;
Et qui reçut à peine
Quelques gouttes de miel
Du ciel !

Le malheur nous effleure avec ses ailes sombres ;
    Il flétrit nos amours,
    Et de rapides ombres
    Voile les plus beaux jours,
        Toujours !

Le bonheur n'est point fait pour le globe où nous sommes
    Cruel est le destin ;
    Et la race des hommes
    Est vouée au chagrin
        Sans fin !

Clément, mon seul ami, doit délaisser pour vivre
    L'amour et l'amitié ;
    Car, ô sort, dans ton livre
    Un mot fut oublié :
        Pitié !

Aux doux premiers baisers de la nouvelle épouse,

A des chaînes de fleurs,

La fortune jalouse

L'arrache sans couleurs,

En pleurs!

Et la jeune épousée au front que décolore

Un départ si prochain,

Au retour de l'aurore

Le cherchera demain

En vain!

Alors à ses côtés voyant sa place vide,

Elle se souviendra!

Et de son œil humide

Une larme naîtra,

Fuira!

Pauvreté ! pauvreté ! source de maux féconde !

O mère du trépas !

L'homme qui court le monde

Partout rencontre, hélas !

Tes pas !

Heureux qui peut te fuir, et dire à sa famille,

Le soir, un court adieu ;

Et la revoir quand brille

Au firmament, le Dieu

De feu !

A BIANCA.

ÉLÉGIE.

« Je sortirai sans doute à la brune, ce soir,

« Car l'on doit, cher ami, me conduire au théâtre, »

M'as-tu dit hier matin. Comme alors ton œil noir

Pétillait de plaisir et de gaîté folâtre !

Cependant tu savais que je ne pourrais pas

Soutenir ton bras blanc, accompagner tes pas,

Que jusques à minuit chagrin auprès de l'âtre

J'attendrais ton retour pour voler t'embrasser ;

Et pourtant quand le jour commençait à baisser,

Tu parais, en chantant, tes épaules d'albâtre,

Et sans songer à moi, ton époux devant Dieu,

Captivais sous la moire un sein que j'idolâtre,

Un sein où j'imprimai mille baisers de feu.

En te voyant partir, oublieuse et parée,

Le visage brillant de joie immodérée,

Je sentis de douleur mon cœur se resserrer

Et des doutes cruels vinrent le déchirer.

« A tout autre que moi pourquoi chercher à plaire,

« Si vous m'aimez, disais-je. Oh ! votre amour a fui !

« Votre amour ! c'est la feuille et mourante et légère,

« Le moindre vent la cueille et l'emporte avec lui ! »

Tels étaient les discours que m'inspirait ma flamme,

Dans mes transports jaloux, je jurai sur mon âme,

De te fuir à jamais, d'oublier ta beauté

Et de rendre à mon cœur sa chère liberté !

Mais de pareils serments loin de nous, faibles hommes,

S'envolent à l'aspect d'un doux regard qui luit ;

Et toujours plus épris, insensés que nous sommes,

Nous allons pardonner aux ingrates, la nuit !

A BIANCA.

ÉLÉGIE.

Des cœurs jeunes encore amantes infidèles,
Trompeuse illusion, croyance en l'avenir,
Est-ce là, dites-moi, ces amours immortelles
Que même le trépas ne saurait désunir?

Est-ce donc là l'Eden dont je devais jouir

Et la coupe des jours parfumés d'ambroisie ?...

J'y bois tes pleurs amers, amère jalousie,

Et mon rêve doré vient de s'évanouir !

Il naquit d'un baiser et d'amoureux mensonges

Dans une nuit d'ivresse où l'on voudrait mourir !

Hélas ! il a duré ce que durent les songes :

Un beau soir l'a vu naître et l'aurore finir !

Il naquit d'un baiser dans une nuit d'ivresse !

O vivants souvenirs ! ô délirants transports !

Contre ton sein de neige, ô ma belle maîtresse !

Comme tu me pressais ! Que tu m'aimais alors !

. . . .

. . . .

. . . .

. . . .

De tes globes de lis, ma main fiévreuse, avide,

Palpitante, écartait ta chevelure humide,

Ivre de voluptés, en mes folâtres jeux,

J'abandonnais la terre et planais dans les cieux !

Au milieu du silence et des ombres propices,

Loin d'importuns amis, couronnés de vingt ans,

Nous goûtions du plaisir les rapides délices,

Eperdus, furieux, enlacés et brûlants !

Posséder, ô Bianca, tes secrètes merveilles,

Croire en tes doux serments, à tes baisers de feu,

Sentir voler mon âme à tes lèvres vermeilles,

Etre ton seul penser, ta richesse et ton Dieu !

Voilà le vrai bonheur où fleurissait ma vie,

C'était pour un mortel trop de félicité !

Le ciel en fut jaloux, il appela l'envie

Et l'envie en ton cœur mit l'infidélité !

VÉNUS ET LE FILS D'ALBION.

Mon cher ami, je crois à la mythologie,
  Depuis qu'un certain soir
Nous avons rencontré l'agaçante folie
  Passant sur le trottoir;

Sa jupe retroussée, à la foule ravie

Sa jambe laissait voir,

Jambe que l'homme adore et que la femme envie,

Que tous voudraient avoir !

C'était Vénus ! c'était la reine d'Idalie,

Et son œil doux et noir

Fit bondir dans mon sein l'ardente poésie

Sur le bruyant trottoir.

J'allais m'approcher d'elle ; alors, ô jalousie !

Fureur et désespoir !

Un Anglais à Cypris offrit son parapluie,

Car il vint à pleuvoir ;

Ma belle avec mylord, à la panse arrondie,

Au corps en entonnoir,

Disparut ; et, trempé, j'ai laissé, par la pluie,

Mon cœur sur le trottoir !

A Mlle PHILIBERTE G***.

SYMPATHIE.

SONNET.

Quelle est donc cette forte et tendre sympathie

Qui m'attire vers toi, vers tes jeunes appas,

Qui me fait désirer ta présence chérie

Et rencontrer partout la trace de tes pas !

Pour la gloire et l'amour, la France, ma patrie,

A formé dans son sein tes charmes délicats ;

Ta beauté semble dire à la terre ravie :

Le sceptre de Vénus ne m'appartient-il pas ?

Car, ô rose des Francs, que la belle Italie

Voit croître et s'entrouvrir en ses riants climats,

Quel mortel peut te voir si fraîche et si jolie

Sans que son cœur palpite et soupire tout bas ?

Sans te dire à genoux : Prends mon sang! prends ma vie!

Mais, ô Vierge aux doux yeux, dis que tu m'aimeras!

SOUVENIR.

ÉLÉGIE.

Depuis l'heure où les bras d'une mère éplorée
Me reçurent naissant, la lumière adorée
Avait revêtu d'or seize fois les blés verts,
Quand, poëte écolier et bégayant des vers,

6

J'allais, fuyant, rêveur, mes compagnons d'étude.

Au fond du bois voisin chercher la solitude.

Les feuillages, les nids, les troupeaux, les moissons,

Inspiraient à mon cœur ses premières chansons.

Hélas! elles ont fui, ces gentilles années,

De poétiques fleurs, de grâce couronnées,

Où la forêt ombreuse et les chantres ailés,

Les fertiles guérets et les bergers hâlés

Obtenaient seuls les fruits de ma veine enfantine.

O mes jeunes amis! votre voix argentine

Dans mes rêves légers m'appelle chaque nuit;

La cloche tout à coup nous réveille à grand bruit;

Et quittant lentement nos lits, avant l'aurore,

Nous descendons muets et sommeillant encore.

Puis laissant les leçons, bondissants et joyeux,

Sous les tilleuls touffus vous commencez vos jeux.

Alors ce sont des cris à briser mon oreille ;

Vous courez, vous volez, toute joue est vermeille ;

On se fuit en riant, on cherche à se saisir,

La sueur brille au front, partout luit le plaisir.

Mais bientôt le matin, avec ses rayons roses,

Vient heurter doucement à mes paupières closes ;

Le réveil chasse au loin ces tableaux gracieux,

Je songe aux jours présents et deviens soucieux.

AMERTUME.

ÉLÉGIE.

————————

Mes dix-huit ans sonnaient à l'horloge du temps
Et de naissants désirs agitaient mon printemps,
Quand, fuyant les conseils de ces sages austères
Ennemis de Bacchus et des tendres mystères,

Je voulus à jamais, inconstante beauté,

Vous livrer de mon cœur la douce liberté.

Alors je fus au bal, où rit la gaîté franche.

Là, sous de noirs cheveux, une fillette blanche,

A la jambe agaçante, au petit pied léger,

Souriant aux discours d'un galant étranger ;

Le corset protecteur, gracieuse corbeille,

Cachant la rose pâle et la rose vermeille

Et ployant sous le faix de son trésor ; les ris

Et les coups d'œil furtifs des belles de Paris ;

Dans les berceaux touffus, l'étudiant folâtre,

Enlaçant dans ses bras celle qu'il idolâtre ;

Tout porta dans mon cœur le trouble et le plaisir

Et dans mon jeune sang alluma le désir.

Je les connus enfin, ces amours éphémères,

Sources de nuits d'ivresse et d'heures bien amères,

6.

De larmes de bonheur et de pleurs douloureux.

. . . .

. . . .

. . . .

. . . .

. . . .

Mais quels affreux tourments! quel dégoût de la vie

Succède aux voluptés que la jeunesse envie!

Celle que nous chantons dans nos vers caressants,

Qui se livre pâmée à nos baisers brûlants,

Craignant la pauvreté, compagne du poëte,

Sans remords ni pudeur, à tromper toujours prête,.

Entr'ouvrira sa porte au libertin cassé,

Au stupide Crésus dont l'esprit est placé

En rentes sur l'Etat, tandis que, dans sa couche,

L'amant trahi l'attend, le sourire à la bouche!

A MARIE ET MARTHE B***.

LE CHEVALIER LOMBARD.

Déjà la trompette résonne !..

Aux champs de Mars et de Bellone

   Un guerrier doit courir,

   Pour y vaincre ou mourir !

Adieu, gentille damoiselle,

Ne pleure pas!.. Elvire, adieu !

Je terrasserai l'infidèle,

Aux cris : Elvire et Dieu le veut !

Prends ce vase d'argent et sa fleur odorante,

Prends-les pour souvenir, damoiselle charmante ;

> Garde jusqu'au retour
>
> Cette rose d'amour,
>
> Comme toi fraîche et belle ;
>
> Mais n'offre pas, comme elle,
>
> Tes lèvres, jouvencelle,
>
> Aux papillons d'amour !

Adieu, gentille damoiselle !

Ne pleure pas !.. Elvire, adieu !

Je terrasserai l'infidèle,

Aux cris : Elvire et Dieu le veut !

A Mlle M***.

IL FAUT AIMER.

SONNET.

Tel qu'un vieillard caduc, geôlier de sa maîtresse,

L'avare, follement amoureux de son or,

Renferme ses ducats dans un lourd coffre-fort,

Et s'éteint misérable au sein de la richesse.

La nature prodigue, ô brune enchanteresse,

Voulant te rendre belle épuisa son trésor;

Avant que vers le ciel tu reprennes l'essor,

Cher ange, ouvre ton âme à l'amour qui la presse.

La rose et les appas sont les fleurs du printemps :

Jouis de ces doux biens, ils brillent peu d'instants;

N'imite point l'avare en ta riche jeunesse.

Ah! ne fuis pas l'amour, aime, ô fière beauté!

Car, lèvres sans baisers, jeune cœur sans tendresse,

C'est la ruche sans miel, le soleil sans clarté!

LA LEÇON.

———

Fillettes de vingt ans, à l'œil noir et mutin,
Donnent leçon à leur jeune cousin ;
Mais l'enfant paresseux, faisant la moue,
Foule son livre au pied, mouille de pleurs sa joue.

Les cousines pour l'apaiser
Lui prodiguent mille tendresses,

Et le petit de refuser

Et leurs baisers et leurs caresses :

O sœurs enchanteresses !

Que ne suis-je celui que vous voulez baiser,

Que ne suis-je l'enfant qui vous a pour maîtresses!

A JULES ELIE.

M. JOBARD.

O rieuse Thalie !
Sous ton malin regard
Je redis la folie
Du malheureux Jobard.

Cet écrivain sublime

Voulut chanter, un jour,

La belle qui l'opprime

Par des rigueurs d'amour.

Sur ce, prenant la lime

Pour polir ses durs vers,

Il invoque la rime ;

Mais, ô plaisant revers,

Il resta bouche close

Pendant une heure ou deux.

Ah! la piquante chose

Qu'un Jobard amoureux !

A UNE FLORENTINE.

O gracieuse enfant dont le pied florentin
Du jardin Boboli foule le sable fin,
A ta rougeur pudique, à la soudaine joie
Qui fit bondir ton sein sous ta robe de soie,

Alors que mon ami jeta, comme un éclair,

Sur ton front virginal un regard plein de flamme,

J'ai compris qu'à ton cœur il était déjà cher,

Et qu'un amour naissant agitait ta jeune âme.

L'APPARITION.

SONNET.

———————

Le blond soleil mourant léguait à l'horizon
Son diadème d'or, de rubis et de flamme,
Et les vitraux brillants du portail Notre-Dame
Reflétaient des lueurs pourpres comme un tison;

7.

Lorsque de sa calèche au riche et vieux blason,

A mes yeux enivrés descendit une femme ;

Ses regards tout puissants pénétrèrent mon âme,

Et mon âme, d'amour, fut soudain la prison.

Sa robe à plis soyeux d'un côté relevée

Livrait au vent malin une jambe achevée,

Légère à sa naissance, arrondie au milieu.

Depuis qu'a disparu cette brune à l'œil bleue,

Je souffre, et, nuit et jour, ma voix en vain l'appelle.

Ne dois-je plus la voir : serait-ce une immortelle?

A OSCAR DE POLI.

PLUTUS ET L'AMOUR.

SONNET.

Les lauriers d'Apollon, les dons de la fortune
Etaient, à dix-huit ans, mes vœux de chaque jour ;
Maintenant à ces biens je préfère ma brune,
Car la gloire et Plutus ne valent pas l'amour !

Un soir, nous étions seuls ; les rayons de la lune
Et le vent frais du soir charmaient notre séjour ;
Nous étions seuls la nuit, nulle crainte importune
Ne troublait nos regards et nos serments d'amour !

Je couvris ses bras nus de caresses de flamme !
Mon ami ! qu'il est doux d'être aimé d'une femme
Et de presser son corps sans voile et sans atour !

Sur ma poitrine en feu , je l'attirai ; ma lèvre
Baisa ses blanches dents, et je dis dans la fièvre :
La gloire et l'or sont loin de valoir ton amour !

A P. SÉLIGMANN.

MON INCONNUE.

Mon inconnue est jeune et belle,
Ses yeux sont noirs comme la nuit;
Quand je lui souris, la cruelle
Devant mon sourire s'enfuit.

Mon inconnue est amoureuse ;

Elle soupire tout le jour,

Et quand le soir paraît, l'amour

Plus que jamais la fait rêveuse.

A son ami resté là-bas,

La brune enfant songe sans doute ;

Croyant reconnaître ses pas,

Dans l'ombre son oreille écoute...

Le bruit décroît : ce n'est pas lui !

Illusion ! espoir frivole !

A son front blanc monte l'ennui...

Le bruit renaît, l'ennui s'envole.

C'est un amant au rendez-vous,

Dans ses regards le plaisir brille ;

Que le son de sa voix est doux !

Et tu pleures, ô pauvre fille !

Car ce n'est pas ton fiancé ;

Cette vue en ton cœur réveille

Souvenirs d'une nuit pareille,

Souvenirs du bonheur passé !

MON COUSIN HUBERT

Du Parnasse, ô ma muse, abandonne la crête,
Voici venir l'hiver, viens près de ton poëte,
Viens réchauffer tes pieds aux tisons de mon feu
Et m'inspirer des chants; car, depuis ton adieu,

J'ai beau, soir et matin, creuser ma pauvre tête,

Il n'en sort rien de bon, rien que de l'eau. Morbleu !

Mon père aurait bien dû me faire un peu moins bête

Et mettre, en me faisant, plus d'amour-propre au jeu !

« — Que de méchancetés odieuses et viles !

« Que de maudits cancans dans les petites villes,

« Et dans Langres, surtout ! » me disait mon cousin

En mangeant d'un poulet qu'arrosait un bon vin.

Cela dit, sur la nappe il remit sa fourchette

Et regarda fumer tristement son assiette.

A l'exemple d'Hubert, je vais me taire aussi :

Hier, sur l'Hélicon, ma muse a pris un rhume ;

Elle est fort enrouée et demande merci ;

Messieurs, j'en suis fâché, mais je pose la plume.

Vois combien les œufs frais, Bacchus et les amours

Ont rendu ta voix claire et vibrante, ô ma blonde !

Çà, je voudrais chanter ; prends ta lyre ou je gronde !

Chantons jusqu'à demain ; muse, chantons toujours !

« — Que de méchancetés odieuses et viles !

« Que de maudits cancans dans les petites villes,

« Et dans Langres, surtout ! (me disait donc Hubert.)

« Je rirai de bon cœur, si jamais je vois pendre

« Ces Tartufes fieffés, suppôts de Lucifer,

« Qui déchirent les gens et veulent tout reprendre !

« Quel Molière viendra nous délivrer enfin

« De ces démons pieux, de cette hydre sans fin,

« Des bigotes du jour, pitoyables chrétiennes,

« Contre tout aboyant et chantant des antiennes ! »

A ces mots, il remplit son verre de vin vieux,

Le vida lentement en regardant les cieux ;

Puis prenant *dans sa main* un petit pot de crème,

Devant lui, sur la table, *il le posa lui-même.*

Puis, tout en dégustant, il reprit son récit :

«— J'aime et j'ai quarante ans (mon cher parent, ceci

« Te fait sourire), j'aime, et d'amour platonique,

« Une vierge au front pâle, au regard poétique,

« Une brune aux doigts blancs, qu'assise au clavecin,

« L'on prendrait, écoutant son chant mélancolique,

« Pour l'une des neuf sœurs, ou pour un séraphin

« Redisant du Très-Haut un céleste cantique.

« Sous son balcon sculpté je passais chaque jour,

« Arrêtant sur ses yeux de longs regards d'amour.

« Jamais d'impurs pensers ne souillèrent nos âmes,

« Quoiqu'en disent encor tous ces cagots infâmes

« Qui ne comprennent point, tant ils sont corrompus !

« Que l'on désire un cœur sans vouloir rien de plus !

« Car j'aimais Térésa comme on aime une rose,

« Comme on aime une étoile, un rayon de soleil! »

« — Cousin, remplis mon verre et parle d'autre chose!

« Ton discours sent l'opium, je tombe de sommeil!»

A Mme LOUISE B···, DE M···.

ADIEU A LA FRANCE.

O soleil de Paris, dont la blonde lumière
Venait, chaque matin, éveiller ma paupière,
Astre de mon pays, vous reverrai-je encor?...
Quand ceindrez-vous mon front de vos doux rayons d'or.

. . . .

La rame fend la vague ; adieu, rives aimées,
Cités dignes des dieux, campagnes embaumées,
Terre de la patrie, amis, concitoyens,
Foyer de ma famille où me pleurent les miens !

Marseille, 2 avril 1853.

LE SOMMEIL INTERROMPU.

SONNET.

Parmi des flots d'azur, dimanche, un soleil d'or
Rayonnait à midi ; la maison fut déserte !
J'aime assez peu sortir quand tout le monde sort ;
Je restai dans ma chambre et ne fis pas grand'perte,

Comme vous le verrez, si me lisez encor :
Mon store était baissé, ma croisée entr'ouverte,
L'air doux ; je m'endormis, et mon plus cher trésor
Ma belle en robe bleue, au petit pas alerte,

Sur la pointe du pied, alors, entra chez moi ;
Et soudain les baisers de ma brune enflammée
Eveillèrent nombreux ma paupière fermée.

Quel céleste réveil! quel amoureux émoi!
Ma lèvre en feu s'unit à sa bouche vermeille,
Bianca fut une ruche, et je fus son abeille !

A ANNINA.

Depuis une heure, hélas ! je m'use la cervelle
A chercher vainement une rime rebelle,
Laisse-moi, sur ta lèvre, un doux baiser cueillir,
Et la muse, Annina, soudain va revenir.

A M. VICTOR B***.

SCÈNE EN PLEIN VENT.

Nous sommes à Paris, et la scène se passe,
Lecteurs, dans une rue, à côté de la place
Bréda; le ciel est gris; l'eau tombe à gros bouillons
Et fouette, sans pitié, chevaux et postillons,

Laquais, grooms, chiens et chats. Sur le bitume, un homme

Portant un robinson, et chantant juste comme

Guignot de l'Opéra, chemine l'œil fixé

Sur le soulier coquet et la jambe arrondie

D'un amour en jupon trottant le nez baissé.

Tout à coup, un jeune homme, orné d'un parapluie,

Heurte notre amateur qui, d'un air courroucé,

S'écrie :

L'AMATEUR (masqué par son parapluie).

Faites attention, Monsieur! Dans le ruisseau

Votre meuble a failli faire choir mon chapeau!

Quand on marche, morbleu! devant soi l'on regarde!

LE JEUNE HOMME (caché par son robinson).

Par Ravel ét Grassot! vous-même prenez garde!

Vous venez en passant, Monsieur, de me cogner,

Et votre parasol a failli m'éborgner!

L'AMATEUR (élevant son crusoé).

Par Clara! votre voix ne m'est pas inconnue!
Elevez ce riflard qui vous cache à ma vue!

LE JEUNE HOMME.

Je connais cet accent! J'élève le riflard
Qui dérobe vos traits, Monsieur, à mon regard.

L'AMATEUR (reconnaissant le jeune homme).

Emmanuel!!

LE JEUNE HOMME (reconnaissant l'amateur).

Oscar!

OSCAR.

Oui, moi-même!

EMMANUEL.

Moi-même!

OSCAR.

Vrai! je n'en reviens pas!

EMMANUEL.

Ma surprise est extrême !

OSCAR.

Après trois ans d'absence et d'ennuis, qu'il est doux,
Ami, de se revoir ! Mon vieux, embrassons-nous !

EMMANUEL.

Depuis quand de retour ici ?

OSCAR.

Depuis une heure.
Habites-tu toujours ton ancienne demeure ?

EMMANUEL.

Toujours ! j'y suis fidèle ; allons-y de ce pas.

OSCAR.

Cher ! allons-y gaîment et donne-moi le bras

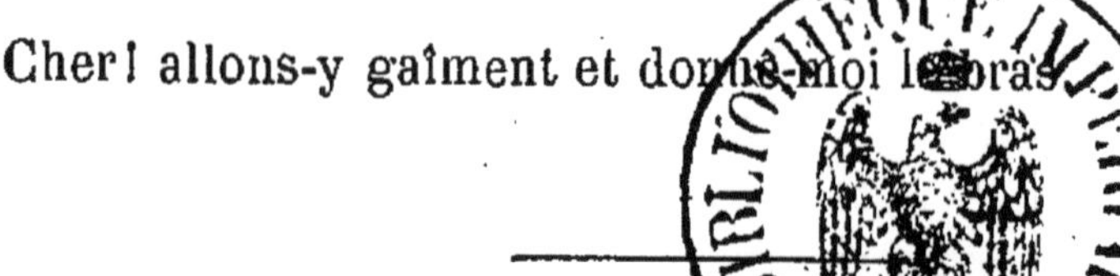

TABLE

TABLE

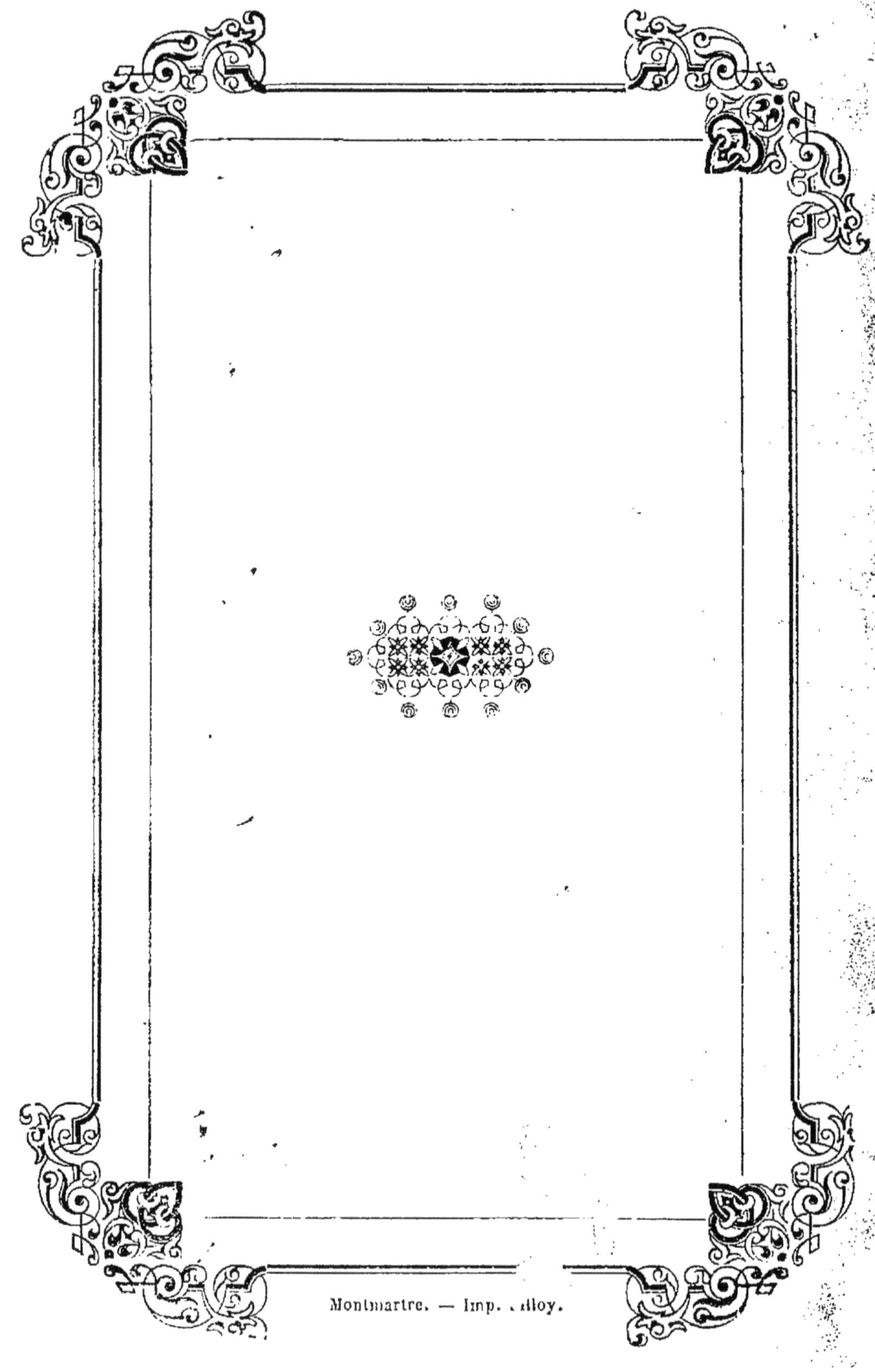

Montmartre. — Imp. Alloy.

www.ingramcontent.com/pod-product-compliance
Ingram Content Group UK Ltd.
Pitfield, Milton Keynes, MK11 3LW, UK
UKHW031841170726
13836UKWH00004B/1818